SORCIÈRE EN COLÈRE!

SORCIÈRE EN COLÈRE !

Une histoire écrite par Arnaud Alméras
illustrée par frédéric Benaglia

Ce jour-là, dans le jardin du palais, Lili propose à Ploc :
- Viens ! Même si c'est interdit, on va jouer à cache-cache dans la forêt !

- Cache-toi, c'est moi qui compte !

- Où s'est-il caché ? se demande Lili.

Soudain, Lili entend des cris déchirants.
- Nom d'un dragon en chiffon ! il arrive quelque chose à Ploc !

La princesse aperçoit Ploc, emporté par une inquiétante silhouette !

« Vite, suivons-les, mais soyons prudente ! » se dit Lili.

La princesse finit par arriver dans une clairière.
Elle retient un cri :
- Ploc a été capturé par une... sorcière !

La sorcière ricane :
- j'ai capturé
un dragonneau...

- Je vais enfin pouvoir
fabriquer ma potion
de rajeunissement !

Lili sait qu'elle n'a pas beaucoup de temps pour sauver Ploc.
- Face à la sorcière, je ne fais pas le poids !
gémit la princesse.

Lili appelle sa marraine :
- Allo Valentine, je crois que j'ai fait une bêtise...

- Si la sorcière me voit, je suis fichue...

Valentine la rassure :
- Je vais t'aider, Lili. Mais souviens-toi : tu n'as droit qu'à un seul enchantement par jour !

Mais quand le soir tombera
l'enchantement cessera !

Aussitôt un éclair jaillit du téléphone portable et Lili devient... invisible !

Stupéfaite et ravie, Lili s'écrie :
- Merci Valentine ! La sorcière ne peut plus me voir !

Sans bruit, Lili s'avance dans la clairière.

Puis elle souffle sous le chaudron pour éteindre la flamme.

La sorcière grommelle :
- D'où vient cet étrange coup de vent ?

- Je sens une présence... Qui est là ?

- C'est moi ! glousse Lili.
Regarde, je suis derrière le chaudron...

Évidemment, la sorcière ne voit personne.

Mais soudain Lili lui met le doigt dans l'œil.

- Attends que je t'attrape ! hurle la sorcière, furieuse.
- Tu ne vas pas assez vite, je suis déjà de l'autre côté ! se moque Lili.

La sorcière s'arrête, elle a le tournis.

- Ben qu'est-ce qu'il y a ? T'es malade ? lui crie Lili.

- Je ne sais pas qui tu es... mais tu vas regretter de te moquer de moi ! menace la sorcière.

Lili court tout autour de la clairière :
- Je suis pas là, je suis ici ! Alors, tu ne veux plus jouer ?

Devant la maison de la sorcière, Lili ricane :
- Ohlala, faut pas t'énerver comme ça !

À ces mots, la sorcière lance un éclair en direction de Lili. Sa maison prend feu !

Dans son chaudron, Ploc
se met à rire...

- Ah tu ne vas pas t'y mettre
aussi ! hurle la sorcière.

À cet instant, Lili tire Ploc hors du chaudron.
La sorcière n'en croit pas ses yeux :
- Mais... il vole ?

- Et ma potion ? Veux-tu retourner dans le chaudron !

- Ma po... bloups !

Lili s'éloigne à toutes jambes :
- C'est bien fait pour elle ! Elle n'avait qu'à laisser Ploc tranquille !

Lili rassure son dragonneau :
- N'aie pas peur, Ploc, c'est moi, Lili. Valentine m'a rendue invisible !

- Ça y est, Ploc, on est sauvés !

Arrivée au palais de Château-dingue, Lili monte Ploc dans sa chambre.

– Je n'aurais jamais dû t'emmener dans la forêt. Pardonne-moi...

– Là, ça va mieux, maintenant ?

Soudain, on frappe à la porte.

Boris passe la tête :
- « Pitite prrrincesse » ? Êtes-vous là ?

Le fidèle serviteur russe n'en croit pas ses yeux :
- Mais enfin, Ploc, tu n'es pas gêné !

- Où êtes-vous « pitite prrrincesse » ? Je n'ai pas envie de rire, ça fait presque une heure que je vous cherche !

Sur le palier, Boris croise le roi et la reine. il bredouille :
- C'est bizarre, Ploc est dans le lit de la princesse, et Lili n'est nulle part.

- Vous êtes sûr qu'elle n'est pas sortie ? s'exclame la reine.

- Je ne sais pas, à un moment, je me suis un petit peu endormi.

À leur tour, le roi et la reine cherchent la princesse :
- Lili ! Où es-tu ? Réponds !

Soudain, le roi bute dans Lili et perd l'équilibre.

Boris se précipite : - Oh majesté !
le roi Barouf 1er devient écarlate :
- Je crois que je vais bientôt m'énerver...

Mais soudain ses parents ouvrent des yeux comme des soucoupes !

- Tiens l'enchantement est terminé ! s'aperçoit Lili.

Le roi, la reine, et Boris forment un cercle autour d'elle :
- Lili ! d'où sors-tu ? Que faisais-tu au juste ?

– Moi ? Mais je jouais
à cache-cache avec... Ploc !

Autres titres parus :
Gare à l'ogre !
Panique dans la classe

Couleurs : Mauro Mazzari

© 2004, Bayard Éditions Jeunesse
Tous les droits réservés. Reproduction, même partielle, interdite.
Dépôt légal : février 2004
Loi du 16 juillet 1949 sur les publications destinées à la jeunesse.

Achevé d'imprimer en février 2004 par Oberthur Graphique
35000 RENNES - N° impression : 5436
imprimé en france.